U0068108

棉被君和小刺蝟

文圖 Aki Kondo　譯 郭玲莉

總是溫柔的將我包起來，

又蓬又軟又暖和的棉被君。

你們家裡，
都有棉被君嗎？

這是小刺蝟家的棉被君。

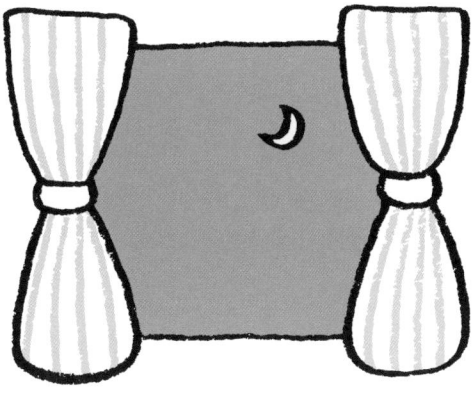

「小刺蝟！

我已經準備好要抱抱嘍！」

大家一定都以為，

每個人

都很喜歡棉被君對吧？

不不不！

小刺蝟才不喜歡什麼棉被君！

「小刺蝟！小刺蝟！

一起來睡覺吧！」

我——不——要！

「嘿嘿嘿，小刺蝟！抓到你了！」

刷刷！

「哎呀！痛痛痛痛痛。」

小刺蝟

一點都

不想睡。

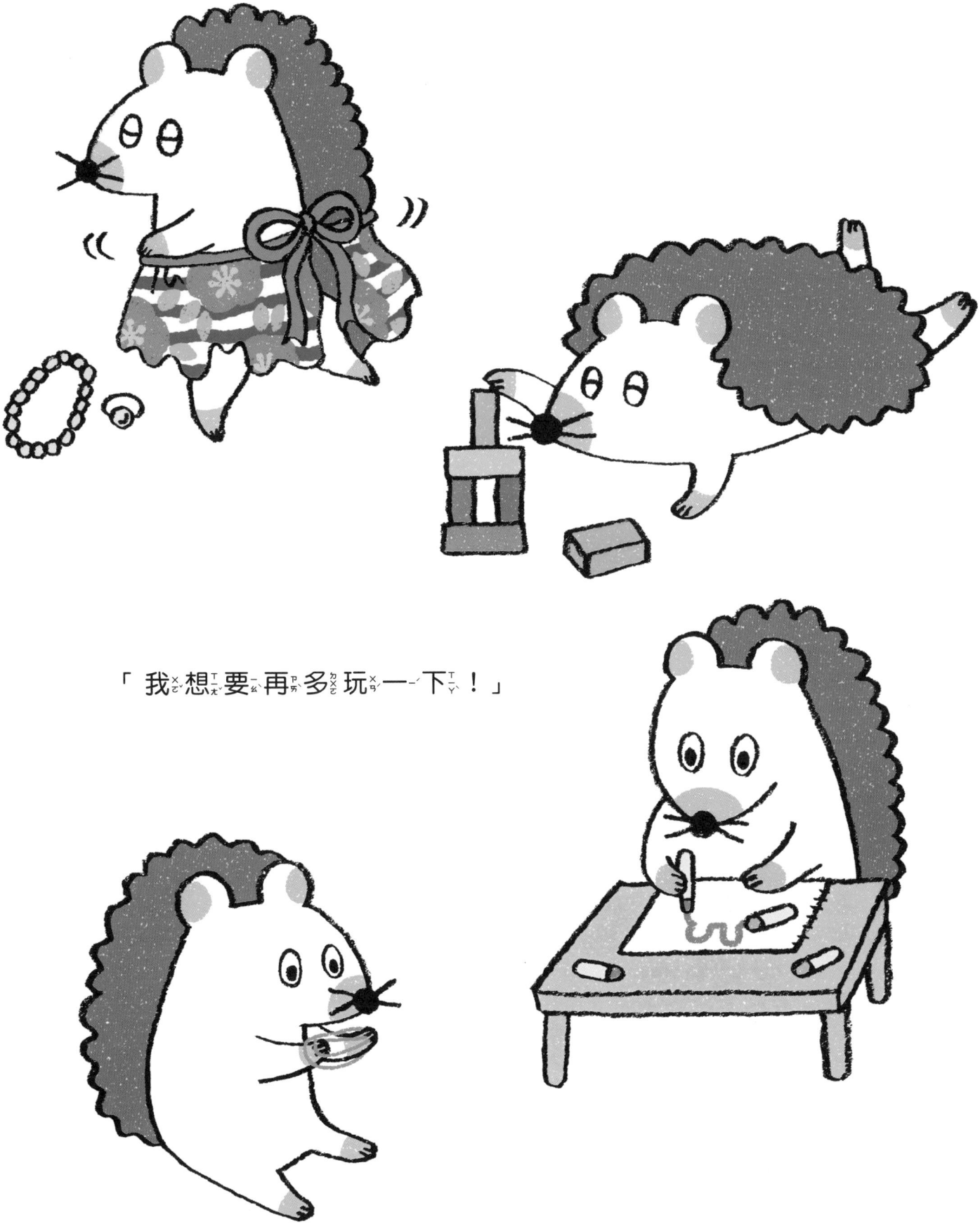

「我想要再多玩一下！」

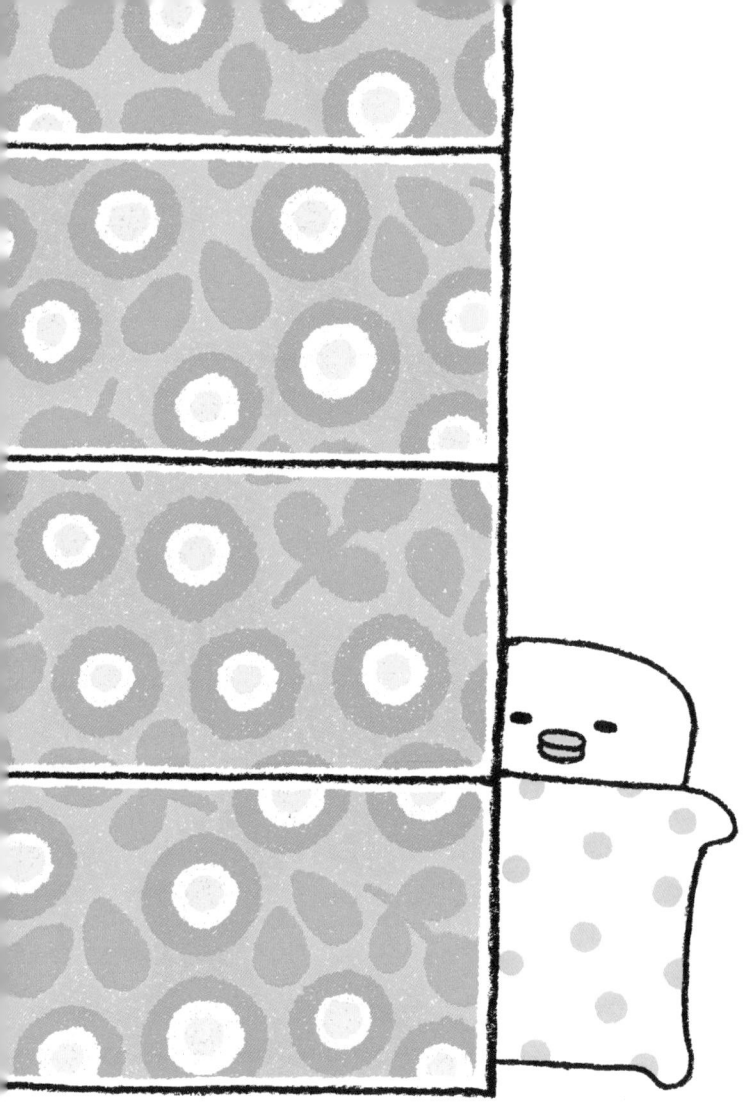

棉被君

靜靜的等著。

一動也不動，

靜靜的等著、等著，

等待小刺蝟

想睡覺的那一刻。

啊……

碰
哇！

就是現在！

「小刺蝟、小刺蝟！棉被君來嘍。

只要一下下就好，你要不要進來看看？」

「棉被君，軟綿綿的，
真舒服呀……。」

「呵呵呵！
對吧！對吧！」

「小刺蝟，你把眼睛閉起來一下下。」

「你看！跑出來這麼多好吃的食物呢！

小刺蝟！你想先吃哪一個呢？」

「太棒了！太棒了！棉被君！
我吃不完啦！」

「好好吃！好好吃！嚼嚼嚼……

我最喜歡棉被君了！」

「我也好喜歡小刺蝟唷！」

「嗯……已經早上了……

真的睡了一個好覺是不是？小刺蝟！」

「嗯……？啊——！！！」

棉被君的臉，

被小刺蝟的口水弄得溼溼的一片。

「小刺蝟，好吃嗎？」

「嗯，很好吃！」

「棉被君，對不起。」

「沒關係啦！沒關係啦！

今天我們也要一起做個好夢喔！」

「才不要！

我才不要睡覺呢！」

文・圖 Aki Kondo

1997 年進入文具公司設計室工作。負責「拉拉熊」的角色原創商品。2003 年離開公司之後，成為自由工作者，持續做「棉花小兔」和「喵大叔」等人物設計和隨筆漫畫、插畫製作等工作。繪本方面有《棉被君》、《河馬小弟和蠟筆》（小學館）等作品，他的作品廣受大人和小孩們的歡迎。

おふとんさんとハリーちゃん

OFUTON-SAN TO HARRY-CHAN by Aki Kondo

©Aki Kondo 2018 All rights reserved.

Original Japanese edition published by SHOGAKUKAN.

Traditional Chinese (in complex characters) translation rights arranged with SHOGAKUKAN, through Bardon-Chinese Media Agency.

Traditional Chinese translation rights ©2020 by CommonWealth Education Media and Publishing Co., Ltd.

繪本 0243

棉被君和小刺蝟

文｜ Aki Kondo　圖｜ Aki Kondo　譯｜郭玲莉

責任編輯｜張佑旭　特約編輯｜簡庭葵　裝幀｜名久井直子　美術設計｜林子晴　行銷企劃｜高盈萱
發行人｜殷允芃　創辦人兼執行長｜何琦瑜　總經理｜袁慧芬
總監｜張文婷　副總監｜黃雅妮　版權專員｜何晨瑋

出版者｜親子天下股份有限公司　地址｜台北市 104 建國北路一段 96 號 11 樓
電話｜（02）2509-2800　傳真｜（02）2509-2462　網址｜ www.parenting.com.tw
讀者服務專線｜（02）2662-0332　週一～週五：09:00~17:30
傳真｜（02）2662-6048　客服信箱｜ bill@service.cw.com.tw
法律顧問｜台英國際商務法律事務所・羅明通律師
總經銷｜大和圖書有限公司　電話：（02）8990-2588

出版日期｜ 2020 年 3 月第 1 版第一次印行
定價｜ 280 元　書號｜ BKKP0243P　ISBN ｜ 978-957-503-543-3（精裝）

訂購服務

親子天下 Shopping ｜ shopping.parenting.com.tw
海外・大量訂購｜ parenting@service.cw.com.tw
書香花園｜台北市建國北路二段 6 巷 11 號　電話（02）2506-1635
劃撥帳號｜ 50331356　親子天下股份有限公司

立即購買 >

親子天下 Education · Parenting · Family Lifestyle　親子天下 Shopping

親子天下 有聲故事書